ERA UMA VEZ UMA MULHER QUE QUERIA MUITO SER MÃE. UM DIA, ENCONTROU UMA FADA, QUE LHE DEU UM GRÃO DE CEVADA. A MULHER O PLANTOU E CUIDOU DELE COM MUITO CARINHO. POUCO DEPOIS, BROTOU UMA BELA FLOR E, DE DENTRO DELA, SURGIU UMA MENINA DO TAMANHO DE UM POLEGAR.

A MENINA RECEBEU O NOME DE POLEGARZINHA. CERTA NOITE, ENQUANTO ELA DORMIA, ENTROU NO QUARTO UM SAPO MUITO FEIO QUE PEGOU A MENINA E A LEVOU PARA SE CASAR COM O SEU FILHO.

QUANDO ACORDOU E O SAPO CONTOU O QUE ACONTECERIA, POLEGARZINHA COMEÇOU A CHORAR. OS PEIXINHOS OUVIRAM TUDO E RESOLVERAM AJUDÁ-LA, EMPURRANDO PARA BEM LONGE A FOLHA ONDE ELA ESTAVA.

POLEGARZINHA AGRADECEU AOS SEUS NOVOS AMIGUINHOS, QUE JÁ ESTAVAM CANSADOS, E PRENDEU A FOLHA A UMA LINDA BORBOLETA. A FOLHA DESLIZOU SUAVEMENTE SOBRE A ÁGUA.

DE REPENTE, UM BESOURO PEGOU A JOVEM E A LEVOU PARA UMA ÁRVORE. OUTROS BESOUROS ACHARAM A MENINA FEIA E RIRAM DELA.

— IH! ELA SÓ TEM DUAS PERNAS! E NEM SEQUER TEM ANTENAS. COMO É FEIA!

O BESOURO ACABOU SE CONVENCENDO DE QUE ELA ERA ESQUISITA E MANDOU-A DESCER DA ÁRVORE.

CHEGOU O INVERNO E OS PÁSSAROS PARTIRAM PARA OUTROS LUGARES. A POBRE MENINA SOFRIA COM O FRIO E AS SUAS ROUPAS COMEÇARAM A VIRAR FARRAPOS.

CAMINHANDO, A JOVEM CHEGOU À CASA DA RATA DO CAMPO. BATEU NA PORTA E, FAMINTA, PEDIU UM GRÃO DE CEVADA. A RATA FICOU COM PENA E DEIXOU A MENINA MORAR EM SUA CASA.

ALGUNS DIAS DEPOIS, A RATINHA LHE APRESENTOU UM VIZINHO MUITO RICO, O SENHOR TOUPEIRA. A POLEGARZINHA COMEÇOU A CANTAR E ELE FICOU ENCANTADO COM A SUA VOZ.

PARA AGRADAR ÀS SUAS VIZINHAS, O SENHOR TOUPEIRA CONVIDOU AS DUAS PARA UM PASSEIO, RECOMENDANDO QUE NÃO SE ASSUSTASSEM COM UMA AVE MORTA QUE ESTAVA NO CAMINHO.

À NOITE, POLEGARZINHA VOLTOU AO LUGAR ONDE ESTAVA A AVE E, AO COLOCAR O OUVIDO EM SEU PEITO, OUVIU O CORAÇÃO DELA BATER.

A ANDORINHA ESTAVA APENAS DESMAIADA.

DURANTE O INVERNO, POLEGARZINHA TRATOU DELA COM CARINHO. QUANDO FICOU BOA, A AVE A CONVIDOU PARA IR EMBORA COM ELA, MAS A MENINA RECUSOU, PORQUE ISSO CAUSARIA GRANDE DESGOSTO À RATINHA.

MAIS TARDE O SENHOR TOUPEIRA PEDIU A MÃO DA POLEGARZINHA EM CASAMENTO. ELA NÃO QUERIA SE CASAR COM ELE, MAS NÃO SOUBE DIZER NÃO. DONA RATA, MUITO FELIZ, CONTRATOU QUATRO ARANHAS, QUE TECERAM LINDAS PEÇAS PARA O ENXOVAL.

NO DIA DO CASAMENTO, POLEGARZINHA SAIU LOGO CEDO PARA SE DISTRAIR. ELA ESTAVA MUITO TRISTE, POIS NUNCA MAIS VERIA A LUZ DO SOL. DE REPENTE, OUVIU UM PIADO, OLHOU PARA CIMA E VIU A AMIGA ANDORINHA QUE PASSAVA.

POLEGARZINHA CONTOU SOBRE O CASAMENTO E A AVE, PARA SALVÁ-LA, LEVOU-A PARA BEM LONGE. ENTÃO, A ANDORINHA DEIXOU A JOVEM EM CIMA DE UMA FLOR, DE ONDE ELA AVISTOU UM HOMENZINHO TRANSPARENTE COMO O CRISTAL. ERA O REI DAS FLORES.

O REI ACHOU A JOVEM LINDA E A PEDIU EM CASAMENTO. SEUS SÚDITOS SAÍRAM DAS FLORES E TROUXERAM PRESENTES MARAVILHOSOS, ENTRE ELES UM BELO PAR DE ASAS TRANSPARENTES. AGORA POLEGARZINHA PODIA VOAR E SER FELIZ PARA SEMPRE.